KB188330

인생은 즐겁고
어린이는 귀엽지

인생은 즐겁고 어린이는 귀엽지

글·그림 전희성

너를 만나 시작된
환장할 행복 라이프

포르★세

딸아, 사랑하는 내 딸아.
언제나 이 사실을 잊지 않겠다고 약속해줘.

너는 네가 믿는 것보다 더 용감하고
남이 보는 것보다 더 강하고
네가 생각하는 것보다 똑똑하다는 것을

힘든 하루를 보냈을 때
어떻게든 웃을 방법을 찾아내길
무언가를 하고 싶거든 지금 바로 해보길
인생에서 무언가를 하기에 완벽한 시간이란 없단다.
기다릴 이유 따위는 없어. 그냥 하면 돼.

누군가와 이별했거나 운수가 나쁜 날엔
마음의 건강을 돌보며 휴식을 취해보렴.
눈물을 흘리며 자기 연민에 빠져보는 것도 좋아
다음 날 무사히 빠져나오기만 하면 되니까.

어른이 되었다고 인생의 답을
모두 알게 되는 건 아니야
스스로를 믿되
아직 많은 것을 배워야 한다는 걸 기억하렴.

나쁜 상황이 영원히 계속될 것 같을 때는
살아 있지 않으면 그 나쁜 상황을
경험할 수조차 없다는 사실을 떠올려 봐
그럼 조금은 희망이 생길거야.

너만의 희망을 찾아보렴.
그리고 무엇보다 하루하루가
소중하다는 사실만은 절대 잊지 않길 바란다.

_헤더 맥매너미, 《곁에 없어도 함께할 거야》

어느덧 8년 차. 내게 나 말고도 지켜야 할 존재, 돌봐야 할
누군가가 있다는 것을 조금씩 받아들였던 초보 아빠에서 나
를 뒤로하고 아이를 먼저 생각할 줄 아는 중수 아빠가 되었
다. 이제 막 육아의 세계에 발을 뗀 아빠들에게는 섭섭한 이

야기일 테지만, 평생 신기하기만 할 것 같은 육아의 순간들도 내게는 더 이상 대단히 신비롭거나 새롭지 않다. 육아의 순간은 일상이 되었고, 일상은 늘 그렇듯 소중함을 익숙함으로 바꿔 놓는다.

하지만 아침부터 이유 모를 짜증에 아이들에게 괜한 화를 냈던 날, 무거운 마음으로 집에 돌아왔을 때 먼저 다가와 "아빠, 미안해! 사랑해!"라고 말해주던 아이들의 모습을 보고 스스로를 다그쳤다. 그날 밤 '익숙함에 속아 소중함을 잃지 말자.'라는 말을 되뇌고 우리의 일상을 다시 그리기 시작했다. 육아라는 틀에 박힌 이야기보다는 우리가 함께한 순간, 우리라서 행복한 날들을 기록하고자 했다. 그러자 외려 육아의 또 다른 가치와 마주하게 되었다. 아이가 하루를 어떻게 보내는지, 아이는 사랑을 어떻게 표현하는지 보고, 듣고, 그리며 나는 억만금을 주고도 못 살 것들을 배웠다. 오늘을 의미 있게 사는 법, 작은 것에도 큰 행복을 느끼는 법, 사과하는 법, 세상을 긍정적으로 바라보는 법을 나는 아이를 통해 배운다.

세상 모든 어머니의 노력에 비할 바 아니지만, 이 시대를 살아가는 아버지 또한 그들 나름의 최선을, 노력을 다하고 있음을 느낀다. 다만 아빠의 마음, 아빠의 노력을 표현하는 방법에 대해서는 한 번쯤 고민해 보았으면 좋겠다. 표현에 거침없는 아이보다 먼저 아빠의 진심을 보여줄 때 아이들이 돌려주는 마음의 크기는 육아의 행복을 배로 늘려준다. 내가 그림으로 사랑을 표현한 것처럼 이 책을 좋은 명분으로 삼아 오늘 아이에게 아빠의 사랑을 표현해 보길 바란다.

결국 나는, 함께하는 일상의 작고 반짝여 더 소중한 순간들을 잘 찾아보면 행복은 언제나 당신 곁에 있을 것이라고, 나와 같은 모든 보통의 아빠에게 이야기해주고 싶다. 내가 잘나거나 우리 가족이 특별하기 때문이 아니라, 가족의 가장 중요한 가치는 행복임을 시간이 지날수록 더 진하게 느끼기 때문이다. 마지막으로 사랑하는 가족에게 말해주고 싶다. 나의 아내 유정아, 내 두 아이 재이와 소이야, 행복하자 우리. 아빠가 오늘도 노력할게.

2020년 5월
전희성

차례

2장 우리 친구할래?

3장 이런 세상을 보여주고 싶어

4장 걷던 쪽으로 한 걸음 더

5장 '같이'의 가치

6장 오늘을 사는 법을 너에게 배웠다

1장

귀여운 날들이 지나가고 있다

하루가 다르게 자라는 아이들을 가만 보고 있노라면 뿌듯함과 아쉬움과 고마움이 한꺼번에 밀려온다. '이대로만 자라다오.' 싶다가도 더 천방지축이 되기 전에 그대로 멈췄으면 싶기도 하고, 사춘기가 심하게 오면 어쩌나 벌써부터 걱정이 되기도 한다. 그래도 오늘의 귀여운 아이 모습에 내일의 걱정은 제쳐두고 그저 내 아이로 자라줘서 감사하다는 마음만 소중히 품어본다.

귀여운 날들이
지나간다

이제 1호기에게는 유모차도, 아빠도 조금 작다. 빠르게 커 가는 아이들을 보며 귀여운 날들이 지나가고 있다는 생각을 한다. 이 순간이 지나간다고 아이에 대한 콩깍지가 벗겨질 리 없겠지만, 어딘가 아쉽고 쓸쓸한 마음이 든다. '지금 이 순간'에 대한 그리움이 물밀듯 몰려온다. 아이는 자라서 어쩌면 잠깐이나마 친구였을지도 모를 나를 온전히 '아빠'로만 여길 것이고, 나에 대한 아이의 이해와 관용도 예전 같지 않을 것이다. 아주 오랫동안 그럴 것 같아서 조금 걱정이 되기는 하지만 그때는 지금보다 나를 더 이해하고 기억해줄 거라고 믿어본다.

그래도 여전히 당신에게 "우리 그만 교대할까? 아니면 애들끼리 자리라도 바꿔 볼까?"라고 물을 때 "둘 다 깨."라는 답이 돌아오는 순간이 있다. 아직은 내가 아이를 위해 해줄 수 있는 일이 많아서 참 다행이다.

그림자
놀이

많이
컸어?

"아빠, 나 키 많이 컸어요?"

"응. 많이 컸어."

특별히 많이 큰 건 아닌데 그래도 크긴 컸어.

물론 엄마랑 내가 고생한 만큼 큰 것 같지는 않지만.

날마다 조금씩 자라는 너를 보면서

맨날 돌아서서 반성만 하지 말고,

그때그때 후회 없는 우리의 순간을 보내야겠다고

또 한 번 다짐을 해.

하지만 늘 그렇듯이 잘 안 될 거야.

아빠 특기가 후회하기 거든.

인간
복사기

나를 흉내 내는 너를 보며 좋은 모습만 보여야겠다고 다짐하는데 마음대로 안 될 때가 많다. 사람들은 아이를 보면 그 부모가 보이는 법이라고, 아이는 부모의 거울이라고 한다. 나의 행동을 곧잘 따라 하는 아이의 모습이 마냥 귀여워 보일 때도 있지만, 아차 싶은 경우도 더러 있다. 언젠가는 내가 아닌 다른 누군가의 모습에서 호기심과 배움을 찾겠지만 그것을 받아들이는 아이의 태도는 '지금' 만들어진다. 어쩌면 부모의 덕목은 아이 앞에서 정신을 똑바로 차리는 것에 있을지도 모른다.

심장이
쿵!

너무 두꺼우면
잘 안 익어.

다됐다 !

자, 이제
5분만 기다리면 돼!

과자 먹으면서
기다릴까?

귀여운 날들이 지나가고 있다

백업은
필수

꺼져있는 컴퓨터의 자판을 두드리며
이거 어떻게 켜냐는 1호기의 물음.
음, 이제 슬슬 준비를 해야겠구나.
요즘 외장하드 얼마나 하나?

아는 이름 다 나오기 전에
거들어야지

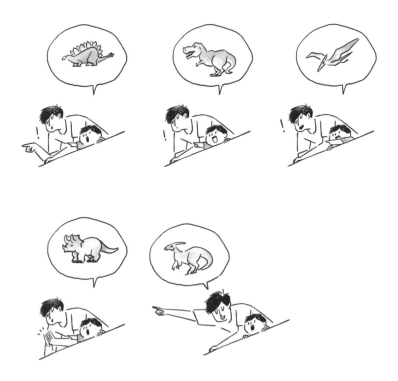

귀여운 날들이 지나가고 있다

어느새 '놀자'에서
'놀아 줘'가 되어버렸다

그러니까
네가 놀아달라고 할 때 다 놀아줄게.
대신, 아빠랑 약속할래?

나중에 아주 나중에
내가 놀아달라고 할 때도
그만큼 다 놀아줘야 해.

귀여운 날들이 지나가고 있다

관찰

#작용반작용

#기다릴줄아는아이

장난
전화

"쟤, 누구랑 통화하는 거야?"
"모른 척 해. 웃으면서 물어보면 화낸다."

시크릿 쥬쥬랑 통화하는 감수성 터지는 다섯 살.
나중에 요금 폭탄도 터지는 건 아니겠지.

나는
다섯 살이야

나는 양떠야!

. . . .

일종의 승부욕인가
알 수 없는 의식의 흐름인가

귀여운 날들이 지나가고 있다

있다가도
<u>없는 것</u>

귀여운 날들이 지나가고 있다

내 말 안 듣고
있었어

어릴 적 부모님께 혼이 날 때면
벽지와 장판에서 사람 모양을 찾곤 했던 게 생각나서
심호흡 한 번 하고 너를 이해해 보기로 했다.

내 동심
어디 갔니

눈을 뜨자마자 전날 뉴스에서 떠들던 일기예보가 생각나 창
문을 열었다. 소복이 쌓인 눈을 보고 아이들은 환호했다. 나
는 겨울다운 풍경을 보고 잠깐은 미소를 지었지만 출근길
걱정이 앞서 주섬주섬 우산을 챙겼다. 아이들은 여전히 고

사리 손을 창밖으로 내밀고 겨울을 잡으려 했다. 언제부터 였는지 비보다 눈이 더 싫어졌다. 나는 어른이 되었고, 눈이 오면 빙판 위에서 운전을 해야 했으며, 신발이 더러워지거 나 젖는 상황에 진력이 났다. 나에게도 머리와 어깨에 쌓인 눈을 강아지처럼 털어내는 게 즐겁던 시절이 있었는데 이제 는 눈이 오면 우산부터 찾게 된 것이다.

변변한 외투와 장갑 없이도 온몸이 꽁꽁 얼 때까지 눈을 만 지고 놀던 동심은 이제 눈 씻고 찾아봐도 보이지 않는다. 뭔 가 잘못되었다기보다는 그냥 그렇게 되는 것이겠지만 또 그 냥 아쉽다고 하기에는 훨씬 이상하고 복잡한 느낌이다.

이런 이상하면서도 복잡한 감정을 느낄 시간을 허락하지 않 는 아내의 재촉에 아이들도 나도 채비를 서두른다. 등원차 량이 오기 전에 서둘러 내려가면 작은 눈사람이라도 하나 만들 수 있을 것이다. 나는 이미 글렀지만 작은 눈사람이라 도 만들 수 있는 그 마음을 아이들이 조금 더 오래 가지고 살았으면 좋겠다.

언제까지 통할지는
모르지만

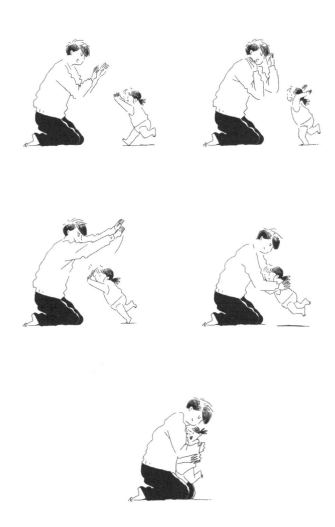

귀여운 날들이 지나가고 있다

진화하는
너

처음엔 옷이 아니라
자기 몸을 돌렸지만
마침내 비급을 완성

내가 너를
잘 따라갈 수 있을까?

반만 덮어도 충분하던 이불 밖으로 이제는 발이 삐죽 인사를 한다. 두 번, 세 번 접어 입던 긴 팔 외투가 어느새 손을 뻗으면 팔꿈치 사이로 쑥 올라온다.
작아진 신발 때문에 발가락이 아프다고 투덜거리며 어린이집으로 향하는 너에게 "오늘만이야!"라고 말하고는 부랴부랴 새 신을 주문한다.

늘 새로운 모습을 보여주는 너의 매일이 너무 빨라서
너의 순간순간을 놓치고 있는 것은 아닌가 할 때가 있다.

내가 너를 잘 따라갈 수 있을까?
내 월급도 너처럼 쑥쑥 자랐으면 좋겠다.

집에 가서
또 싸우겠지만

귀여운 날들이 지나가고 있다

슈퍼 다녀오는 길
시끌시끌한 즐거운 외출
신난 1호기와 2호기

아,
내가 아빠구나!

아주 가끔 아이들을 보다가 '아, 내 아이구나. 내가 아빠구나!' 하는 생각이 들 때가 있다. 그렇게 아이삼매경에 빠졌다가 정신을 차리고 나면 책임감이라는 것이 전보다 무겁게 다가온다. 누군가를 책임진다는 일은 지난날의 나를 돌아봤을 때 헛웃음이 나는 것이다. 진짜로 책임감이라는 것에는 나를 돌아보게 하는 신기한 힘이 있기 때문이다. 그리고 나를 돌아보는 것에는 나를 조금 더 좋은 사람으로 만드는 힘이 있다. 비록 지금이라고 전과 아주 다른, 훌륭한 사람이 된 건 아니지만, 예전에 비하면 참 많은 부분이 좋아졌다. 책임감의 무게만큼 내 삶의 진중함이 늘어간 탓이다.

아이들은 에너지가 넘친다. 아이들에게 오늘을 대하는 태도를 배운다. 마치 오늘이 마지막인 것처럼 살아가는 태도를. 에너지가 차고 넘치고 또다시 차오르는 아이들과 함께 노는 일은 군대에 비교하자면 끝날 것 같지 않은 화생방을 하면서 행군하는 느낌이다. 그러나 비록 몸은 힘들어도 마음은 훈훈하고, 고된 행군처럼 고독한 싸움이 아님에 한 차례 위로를 받으며 오늘도 아빠라는 군장을 매고 꿋꿋하게 걸어나간다.

2장   우리 친구할래?

아빠가 되기 전에는 아이와 친구 먹는 일, 특히 아들과 친구처럼 지내는 일을 어렵지 않게 해낼 거라 생각했다. 내가 먼저 아빠라는 직책을 내려놓고 아이에게 손 내밀면 된다고 여긴 탓이다. 그렇게 아빠가 된 나는 하루에도 몇 번씩 아이에게 무언가를 하지 말라고 다그치거나, 왜 그러냐며 화를 낸다. 앞으로도 아이와 나 사이의 거리는 좀처럼 좁아지지 않을 테지만, 그럼에도 아이에게 속삭여 본다. 최대한 끝까지, 더 늦게까지 아빠랑 친구해줄래?

부전자전

아직까지는

듣기 좋은 말

친구 같은
아빠

아이가 생기면 복잡한 심경 속에서 '나는 어떤 아빠가 될 것인가'를 생각해 보게 된다. 나는 내가 꿈꾸고 원했으며, 어쩌면 가장 쉬워도 보였던 '친구 같은 아빠'가 되어야겠다고 생각했다. 많은 시간이 지났고, 나의 목표는 반쯤 성공했지만 반쯤 실패한 것 같다. 어쩌면 점점 실패하고 있는지도 모르겠다. 친구 같은 아빠는 시간이 갈수록 신기루 같은 느낌만 자아낸다. 아이가 자기 고집이 생기기 시작하면 '나라는 사람의 그릇으로는 벅찬 목표였나? 이게 이렇게 어려울 일인가…'라는 고민에 빠지기 때문이다.

약간의 권위와 어설픈 단호함, 얕은 성찰을 통한 개똥 육아철학으로 아이를 키우다 보면 마냥 친구 같을 수가 없어진다. 아빠와 친구의 가깝지만 먼 거리만큼 실패의 길을 가고 있지만, 그렇다고 이제 와서 어느 한 쪽을 그만두기에는 어렴풋이 남아 있는 '친구 같은 면'이 발목을 잡고 만다. 아직 아이와 해보고 싶은 여러 가지 일이 있다. 배낭여행도 가봐야 하고, 동네 목욕탕에도 가야 하고, 아이가 태어나기도 전에 사두었던 글러브로 캐치볼도 해야 하니 내 어설픈 다짐의 마침표가 설사 실패일지라도 나는 조금 더 천천히 실패하는 쪽으로 전진!

시리야
아빠 좀 깨워 봐

'뭐라고 하셨는지 잘 못 들었어요'

1호기의 발음 탓인지 인공지능의 모자람 탓인지

계속 실패하는 둘의 아무 말 대잔치에

눈 감은 채 피식 웃으며 일어나는 아침

아침 김밥

회사 안 가냐는 아내의 외침에도 꿈쩍할 수가 없었다.

몇 번이고 밥 먹으라는 외침에도 기척이 없자

아내와 아이들의 작전타임이 시작됐다.

이윽고 두 녀석이 출동해 엄마가 주문한

아침 김밥을 말기 시작한다.

나를 상대할 때만큼은 협동심이 대박이다.

장사꾼들

쿨가이

추운 겨울 어느 날 아침,

등원차량을 기다리며 펭귄처럼 너를 품고 있었어.

매일 반복되는 짧은 시간이지만, 허겁지겁 내려와

이것저것 노닥거리기 딱 좋은 시간이야.

그래서 내가 좋아하는 일과이기도 해.

너는 노래를 부르기도 하고, 콘크리트 바닥 이곳저곳에

숨어 있는 조개껍질을 찾기도 하고,

이유 없이 가위 바위 보를 하고,

알 수 없는 힘겨루기를 하기도 해.

그러고 나면 꼭 오늘 집에 일찍 오냐고 물어보지.

"미안해 약속이 있어."라고 말하면,

넌 또 쿨하게 괜찮다고 얘기해.

#쿨가이 그런데 #엄마는안쿨함

네가 나를 찍어준
날

코인지 눈인지 입인지 귀인지

모르는 게 찍혔지만 괜찮아

우리 친구할래?

아파트

하늘이 참 좋은 날 빨래를 널고 오려는데 1호기가 같이 나선다.

멀리 보이는 아파트를 가리키며 아이가 물었다.

"저게 아파트야?"

"응, 저게 아파트야. 아파트에 살아 봤는데 별 거 없어 우리 집처럼 이렇게 옥상에 올라갈 수도 없다니까. 그리고 높은 데 살면 무서울 수도 있어. 엄청 비싼데 별로 크지도 않아."

라며 시종 겁을 준다.

아이가 다시 묻는다. "아파트가 공룡보다 커?"

대답 대신 멋쩍은 웃음을 지어보였다.

얼굴이 조금 빨개지는 게 느껴졌다.

조금 이른
효도

나중에 한 번 정도만

부탁할까?

제법 진지한
토탈 케어

1호기와 2호기의 놀이는 확연한 차이를 보인다. 1호기와 함께 하는 놀이는 1호기가 주도하는 듯하지만 막상 놀아보면 모든 것이 나의 몫이다. 정신적, 체력적 소모가 상당하다. 반면 2호기와의 놀이는 대부분 보조를 맞춰주거나 나의 잘난 세치 혀만 있으면 되는데 체력적인 소모는 덜하나 정신적인 데미지가 생길 수 있다.

어느 날인가 2호기의 토탈 케어를 받고, 저녁 쓰레기를 버리러 내려가는 엘리베이터에서 이웃 분을 만났다. 그 분이 유독 나의 발을 한참 내려다 보시길래 '희한한 분이시네?' 생각하며 내 발을 바라봤다.

#핑크색발톱
#정신적데미지99

눈치가
생겼다

이중인격

일어나면서 내노
울어주시고

수건이 젖어있다고
울어주시고

오빠랑 부딪혀서
울어주시고

밥 먹다가
아이스크림 달라고
울어주시고

치약이 너무 적다고
울어주시고

펭귄옷 내뱉었다고
울어주시고

양말이 불편하다고
울어주시고

가방이 무겁다고
울어주시고

애가 너무 울어서 차를 놓쳤는데요…

#그럴리가없다는선생님

#이중인격인가

#사춘기인가

#무섭다

#한대쥐어박고싶다

#미치겠다

과유불급

필요하지만 과하면 좋지 않은 것.

너도 나에게

나도 너에게

욕심 부리지 말기

너무 많이
뛰어놀던 날

#네가뛰었다는건
#나도뛰었다는것
#나는회복이안돼

네 덕

인생이라는게 참 고단픈 거야...
힘든 일이 있어도 참고 견뎌야 할 때가 많거든
오늘도 어김없이 그랬는데
누워서 너를 보니까 잘했다는 생각이 들어...
너 때문에 모진 고생하며 산다...고 생각했는데
네 덕분에 참고 견뎌낼 수 있었어... 라고
생각하는 게 맞는 것 같다.
좋은꿈 꾸고 내일도 네 덕좀 보자.

시골 아침

"오늘 아침은 계란프라이야. 닭이 알을 몇 개나 낳았을까?"
아이에게 방문할 시골이 있다는 건 참 좋은 일이다. 도시에
서는 경험할 수 없는 다양한 환경이 펼쳐지는 소중한 장소
니까. 많고 많은 시골 일 중 아이들은 닭장에 들어가 달걀을
줍는 일을 가장 신나한다. 처음에는 무서워하더니만, 이제
는 성큼성큼 걸어 들어가 싹쓸이를 해온다. 아직 걸음이 영
글지 못한 아이들은 따뜻한 달걀을 품고 가다가 깨먹기 일
쑤인데, 이건 유치원에서는 비밀인가 보다.

오늘 안에
끝나는 것인가

무심하게 떨어지는 꽃잎을 하나 휙 잡아채었다. 누구랄 것도 없이 꽃잎을 잡아내겠다는 굳은 의지를 표하며 하늘을 향해 폴짝거린다. 물론 헛손질이다. 이제 그만 가자는 나의 말은 더 이상 들리지 않는 모양이다. 이 기세라면 꽃잎이 다 떨어질 때까지 포기하지 않을 것이다.

1호기와 2호기가 폴짝 뛰지 않아도 될 만큼 커서도 이 마음을 간직하길 바란다. 즐거운 일을 하면서 포기하지 말고 살아가길 바란다.

벚꽃잎이 내린다.

봄이 내린다.

행복의
주문

우도를 찾은
모든 커플이

행복해졌으면
좋겠다는 생각에

행복의 주문을
외워보았다.

#응애응애

양육

결혼하고 큰 개를 키우는 게 로망이었는데
뭔가를 키운다는 게 이런 건지 모르고 했던
어리석은 생각이었습니다.

#너네키우는것도벅차서

가을

아이들과 함께 한바탕 땀 흘리며 지냈던 또 한 번의 여름이 장마가 온 뒤로 지나가 버렸다.

점심을 먹고 카페에 앉아 우수수 쏟아지는 가을비를 바라본다. 두 아이를 매달고 택시를 잡고 있는 누군가가 눈에 들어왔다. 비바람 덕에 발을 동동 구르는 엄마의 마음을 아는지 모르는지 큰아이는 웅덩이에서 물장구만 친다. 왠지 남 일 같지 않다. 어쩌면 아이는 택시가 천천히 오길 바라고 있을 수도 있다. 만약 내게 아이가 없었다면 별 생각 없이 시야에서 사라졌을 장면이지만 으레 1호기의 모습이 떠오른다. 아빠가 되고 세상을 바라보는 눈이 달라졌다. 이 세상에 귀하지 않은 아이는 없다는 생각이 또렷해지는 시기다.

아빠 계속 좋아해줘서
고마워

아...

화내서
미안하다고
할까...

말 좀 잘 들으라고
차분하게 말해 볼까...

우리 친구할래?

뭉클…

인생은 역시
타이밍

낚시에 문외한이던 나는 아이에게 새로운 경험을 시켜주고 싶은 순진한 마음에 거금을 치르고 필드에 입장했다. 그러나 나는 연신 빙어를 낚아 올리는 옆자리 아저씨의 구멍만 들여다보았고, 아이는 헛손질만 하고 있는 나의 구멍만 들여다보았다.

세 시간 정도 추위에 떨며 밑밥을 거의 소진할 때쯤 아이들은 썰매나 타야겠다며 자리를 떴다. 그들을 어떻게 설득시켜야 할지 고민하며 돌아갈 채비를 하다가 무심코 감아올린 낚시 줄에 빙어 두 마리가 매달려 있는 것을 확인하고 아이들을 향해 다급하게 소리쳤다.

빈손으로 돌아갈 수 없다던 아이들에게 현장을 확인시켜준 뒤에야 우리는 차에 올라탈 수 있었다.

#아빠빙어는비싼빙어야
#한마리에21,000원

철없는 아빠의
철든 육아

무식하면 용감하다는 말이 있다. 아이가 생기고 나의 첫 번째 목표는 친구 같은 아빠가 되는 것이었다. 아빠라는 무게가 무엇인지도 모르고 한, 참 용감한 생각이었다. 막상 육아의 현장에 던져지고 나니 이것이 나의 발목을 잡을 줄은 꿈에도 몰랐다.

친구 같은 아빠는 전교 1등 같은 느낌이다. "교과서 위주로만 공부했어요."라는 말이 실은 가장 어렵고, 약간은 재수 없는 이야기인 것처럼 아이들과 자주 놀아주기만 한다고 '친구 같은 아빠'라는 타이틀을 거머쥘 수 있는 것은 아니기 때문이다. 그 명예의 직함을 얻기 위해서는 아이와 눈높이를 맞추고, 아이의 일거수일투족을 이해하기 위한 무던한 노력이 필요하다.

1호기만 있을 적에는 친구 같은 아빠와 가장으로서 아빠의 차이가 잘 느껴지지 않더니만, 2호기가 함께한 뒤로는 부쩍

그 간극이 커지는 느낌이 든다. 아이들과 친구처럼 지내기
위해 나는 조금 더 철없이, 아이에게 동화되어 하루하루를
즐기며 보내고 싶은데, 아이러니하게도 아이들 덕분에 나는
점점 더 철이 든다. 그렇게 아이들이 올라 탄 내 어깨 위의
무게가 마냥 장난으로만 느껴지지 않는 순간을 마주하다 보
면 쓸쓸해지기도 한다.

하루가 다르게 아쉬워지는 날들을 뒤로하고, 비록 내 능력
의 한계로, 노력의 부재로 친구 같은 아빠가 될 수는 없을지
라도 100점을 목표로 하는 수험생처럼 그쪽에 방향을 두고
달려가기로 마음먹어 본다. 그러다 보면 아이들과 조금은
덜 멀어지지 않을까 하는 기대를 품고, 오늘도 아이에게 소
소한 장난을 걸어본다.

3장

이런 세상을 보여주고 싶어

아빠가 되어보니 아이가 자라며 꼭 보고 겪지 않아도 될 것들이 보인다. 아이들이 나에게 보여주는 세상과 내가 바라보는 세상, 그리고 내가 아이들에게 보여주고 싶은 세상은 모두 같은 듯 다르다. 그리고 이 모든 세계가 만나는 교집합 안에서 비로소 우리만의 세상이 생겨난다.

우리라는
세상

역지사지에
관하여

늦은
귀가

일찍 오려고 했는데
이런저런 사정이 많아져서.
내일은 별다른 사정이 없을 것도 같은데,
함부로 약속은 안 하는 것이 좋겠다.
거짓말은 나쁜 거라고
약속은 지키는 거라고
그렇게 떠들어 놓고
미안하네….

싱그러운
아침

아침 시간이 남아 여느 때처럼 카페 앞에서 꽃구경을 하며 아이와 등원차량을 기다리는데 카페 사장님께서 주말에 고구마라떼를 사 먹던 부자가 기억 나신다며 인사를 건네셨다. 우리가 보고 있던 꽃의 이파리를 떼어 손을 비벼가며 향기를 맡아보라고 권하신다.

아들과 나는 이파리 하나를 조심스럽게 톡! 떼어 손으로 비비고 향기를 맡았다. 맛있는 음식을 먹은 것처럼 으흠, 하는 콧소리가 나왔다. 말 그대로 싱그러운 아침이다.

#세이지

웬만하면
사랑만 하는 게 어떨까?

네가 하는 온든 말과 행동들은
너에게 고스란히 돌아갈 거야.
누구를 사랑하던지.
누구를 미워하던지.

위기탈출
나눔원

하늘에
뭐 있어?

우와~!
좋다!

응?
더 가까이에서
보니까 좋아?

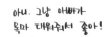
아니. 그냥 아빠가
목마 태워줘서 좋아!

이런 세상을 보여주고 싶어

함께 사는
세상에 대한
이야기

요즘 들어 동생한테 땍땍거리는 1호기에게 어떤 것을 알려주는 게 좋을지 고민하다가 등원 길에 좋은 주제 하나를 찾아냈다. 한겨울 감나무 꼭대기에 남아 있는 까치밥을 의아하게 쳐다보는 1호기에게 함께 사는 세상에 대한 이야기를 해주었다.

"1호기! 저기 꼭대기에 있는 감 보이지? 저 감은 너무 높은 곳에 있어서 못 딴 게 아니라 겨울이라 먹을 게 없어서 배고플 까치를 위해 남겨 놓은 거야. 세상은 나누면서 살면 더 즐겁고 행복해지기 때문에 그래. 작지만 의미 있는 양보와 배려가 세상을 더 아름답게 만들 수 있어. '함께'라는 건 굉장히 중요한 거야. 우리 가족도 엄마, 아빠, 재이, 소이가 함께 있어야 즐겁고 행복한 것처럼."

이렇게라도 겨우내 배고플 까치를 위한 온정을 우리의 삶과 연결해 이해시켜 주고 싶었지만, 짧은 시간과 부족한 내 식견과 언변으로는 어려운 일이었다. 구구절절 말을 늘어놓다가 "그저 나누고 배려하면 세상은 더 즐겁고 행복해질 수 있어."라고 정리하고 만다.

1호기는 이해를 한 건지 못 한 건지 모를 표정으로 말한다.

"까치는 좋겠다."

각자의
창

아직은

그쪽이

새로운

기억
해줄래?

생을 지나는 길 중에

불안하고 막막하고 어디로 가야 할지 모를 때도 있어.

하지만 말야.

가늠이 되지 않을 정도로

두렵고 어려운 일일지라도

나중에는 아무렇지 않은 척

지나칠 수 있게 될 거야.

기억해줄래?

네가 걷는 그 길에

혼자인 것처럼 느껴지는 그 시간에도

아빠는 항상 너를 응원하고 있다는 걸.

책 많은
곳

책이 많은 곳을 갈 때면

반복적으로 느끼는 것이 있다.

아마 지난번에도,

그 지난번에도 느꼈고 다음에도 느낄 것이다.

아이들이 책과 친해지길 바라는 마음과 책이

이렇게 많은데도

유튜브를 보여주는 마음이 매일 충돌한다.

#하지만우리도좀쉬어야하지않겠니…

이런 세상을 보여주고 싶어

붕어빵

"아빠랑 내가 왜 붕어빵이야?"

"응 너랑 나랑 닮았다는 말이야"

"나는 엄마 닮았는데?"

가끔 엘리베이터에서 만나는 주민 분께서 아이와 나를 보고 붕어빵이라며 인사를 하신다. 머쓱하게 답례를 드리고 길을 걷는데 한참을 곰곰이 생각하던 아이가 묻는다.

"아빠, 왜 아빠랑 내가 붕어빵이야?"

나에게는 당연한 말로 받아들여지는 쉬운 표현이지만 막상 아이에게 설명하려고만 하면 중언부언이 된다. 그렇게 한참을 설명하고 나니 아이는 이해했다는 표정보다 의아하다는 표정을 지으며 되묻는다.

"그런데, 나는 엄마 닮았는데?"

새싹

이른 아침부터 얼마 전 심었던 씨앗에 싹이 났다며 아이들이 소란이었다. 창가에 심어 놓은 이름 모를 식물이 싹을 틔운 것이다. 신이 난 아이들은 얼른 물을 주어야 한다고 분무기를 찾아 창가로 모여들었다. 아이들이 엉뚱한 곳에 자꾸 물줄기를 뿜어대어 아내의 심기는 불편해지기 일보 직전이었고, 오늘 비가 온다는 소식이 문득 떠올랐지만 세차하는 것도 아니고 비가 좀 오면 어때하고 버텨본다.

필요한 일만 하고 살지 않아도 되는 것이, 아주 쓸모없는 일도 중요하게 해야 되는 것이 아이들만의 특권이니까 지금을 즐길 수 있게 도와줘야지.

비밀
장소

이쪽으로 내려가면 멋진 곳이 나와.

여긴 우리의 비밀 장소야.

아빠,
바닷물은 왜 짜?

아무리 생각해도
맷돌밖에 안 떠오른다.

노력
부족

이렇게 하면

한 번에 설명할 수 있을 줄 알았어.

너희의
온기가

그다지 넓은 등은 아니지만 등만 보이면 달려들어 올라타는
네 녀석들 덕분에 제법 쓸모 있는 등이다. 아버지의 등이 언
제까지 넓어보였는지 잘 기억나지 않지만, 오래오래 달려들
수 있게 너희에게는 늘 등 넓은 아빠이고 싶다. 앞이 너무
선명하게 깜깜해서 등 뒤의 따뜻함이 더없이 소중하고 가치
있다. 어두운 앞길을 담담하게 걸을 수 있는 힘이 되기도 한
다. 내 등이 너희에게 더 이상 올라탈 크기가 아니거든 너희
들 등에도 따뜻하게 힘이 되어 주는 그런 사람 한 둘 올라타
있었으면 해.

#나만당할수없지
#머리채좀잡지마
#너같은애낳아봐
#엄마아빠죄송염

횡단보도

늘 하얀 것만 밟으며 살 수는 없지만,

그래도 대체로 하얀 것들을 밟았으면 좋겠다.

하얗지 않은 것들을 볼 때에도 싫다는 마음보다는

측은한 마음을 먼저 가졌으면 좋겠다.

그렇게 '옳은' 길이 아닌 '바른' 길로 갔으면 좋겠다.

횡단보도 흰색만 골라 밟는 지금처럼.

그럴 수 있지?

아빠라는
이름으로

정의롭고 공정한 세상을 보여주고 싶지만 세상이 그렇게 호락호락 돌아가지 않는다는 것을 어른인 나는, 아빠인 나는 너무나 잘 알고 있다. 단지 조금이라도 더 좋은 세상이 될 수 있도록 내가 할 수 있는 것을 실천하고자 노력할 뿐이다. 더불어 살아가는 삶에 대한 관심과 의미 있는 투표, 타인에 대한 사려 깊은 배려와 고민, 비겁함에 맞서는 연습을 한다. 소시민적이고 아주 미미한 움직임일지라도 아빠가 된 나는 조금씩 움직이고 있다. 나는 내 가족과 나의 아이를 위해서는 모든 것과 싸울 준비가 되어있으면서도 그것이 정의롭지 않고, 상식에서 벗어난다면 조금 물러서는 용기도 있어야 한다는 생각으로 살아간다.

삶에 대한 태도가 아이들 덕분인지 나이를 먹어서인지 자꾸 변한다. 태도가 변함에 따라 나를 좀 더 객관적으로 바라보며 사는 일이 계속 늦어진다는 생각도 든다. 그러나 아주 작은 움직임으로, 아이들이 바라보는 세상을 바꾸며 내일도 살아가야겠지.

4장   걷던 쪽으로 한 걸음 더

아빠라는 존재는 살아가며 무엇을 놓치고, 무엇을 얻을 수 있을까. 내
삶의 지평은 얼마나 넓어지고, 삶의 의미를 어떻게 찾아갈 수 있을까.
조금은 무겁고 아주 많이 설레는 마음으로 걷던 쪽으로 한 걸음 더 걷
는다.

우리집 냉장고에
없는 것

우리집 냉장고에 없는 것

예전에는 음식 만드는 게 재미있고 좋았는데 아내의 솜씨가 나보다 몇 수나 위라는 것을 알고 난 후, 알량한 자부심과 열정적인 의지가 꺾여버렸다. 이제는 음식을 그저 감사하는 마음으로 맛있게 먹는 것에만 최선을 다한다. 꼭 진수성찬이 아닐지라도 맛깔나고 괜찮은 밥상으로 차려진 아내의 식탁을 보면 왠지 '나도 마음잡고 만들면 이 정도는 할 수 있어!'라는 객기가 발동한다. 그렇게 나에게도 아주 가끔 아이들의 간식을 만들어야 하는 상황이 오는데 그때마다 우리집 냉장고에 없는 것 두 가지가 보인다.

#빈자리와먹을것

빨리빨리 다 사버려

애 낳으면 내 건 아무것도 못 사

그러니까 갖고 싶은 거 지금 다 사버려

기왕이면 오늘도 네가 사

걷던 쪽으로 한 걸음 더

네가
아니라서

껍질이 들어간 계란말이를 내가 먼저 먹어서.

바닥에 날카로운 무언가를 내가 먼저 밟아서.

느지막이 극성인 모기에게 내가 먼저 물려서.

그래서 다행이다.

운이 없다고 생각했던 일들이

다행이라고 여겨지는 걸 보니

이제 철이 드는 건가?

어린이집

구립 어린이집에서 2호기의 등원이 확정되었다는 연락이 왔다. 얼마 안 되는 돈이지만 원비를 한 푼이라도 줄일 수 있었고 아이가 좀 더 넓은 곳에서 더 많은 친구들과 놀 수 있을 거라는 막연한 기대도 있었다. 마침 휴가였던 나와, 방학이었던 1호기까지 대장님의 인솔하에 총출동해 정들었던 어린이집에 마지막 인사를 드리러 갔다. 이제는 유치원생인 1호기도 다녔던 곳이라 무려 5년 넘게 연을 맺은 어린이집이었다. 선생님들께 준비해온 작은 선물을 드리고 진심을 다해 감사하다는 말씀을 전했다. 아내는 섭섭한 듯 죄송해했고 선생님들은 좋은 가족이랑 이별하는 것이 아쉽다며 아내의 손을 꼭 잡아 주셨다.

막상 제일 아쉬워할 줄 알았던 2호기는 내일 또 만나는데 왜 그러냐는 표정으로 마지막 인사를 남기고 쿨하게 돌아섰다. 이게 무슨 상황인지 전혀 모르는 듯싶다. 결국 이런 헤어짐은 어른들만 아쉽고 섭섭한 이별인가 보다.

대리운전

자연스러웠어

언젠가 꼭 해보고
싶은 것

나는 하고 싶은 것도 많고 배우고 싶은 것도 많은 청년이었다. 물론 그때는 돈도 시간도 여유도 없었지만. 이것은 지금도 딱히 많아지지 않은 것들인데 아이가 생기고 나의 시간마저 점점 더 줄어든다. 왠지 앞으로는 더 못할 거라는 생각에, 시간이 남아돌 때에도 하지 않은 일에 괜한 욕심이 난다. 취미와 배움에 대한 갈증이 계속해서 심해지는 것이다.

어렸을 때부터 아주 매력적이라고 생각했던 스포츠가 있다. 바로 서핑이다. 최근 국내에 분 서핑 열풍 때문에 드디어 내 갈증을 해소해 줄 기회가 왔다고 생각했지만, 이미 나는 체력도, 용기도, 열정도 청춘이 아니었다.

아, 어쩌란 말이냐. 그 많던 하고 싶은 일이 전부 로망으로만 끝나게 되면….

유치원에 간
사나이1

1호기가 다니는 유치원 학부모 초청 수업 때의 일이다. 학부모 구연동화 수업에 대한 설명을 듣기 위해 반차를 내고 갔는데, 이거 듣자하니 그냥 책만 읽어서는 경쟁력이 떨어지겠구나 싶은 것이다. 나는 어리석고 호기롭게 "책 내용을 바탕으로 '몸으로 말해요' 퀴즈를 하는 게 어때요?"라고 말했다. 말하고 나서 바로 후회했다. 나의 발칙한 제안에 원장님은 박수를 쳐주셨다고 하지만 나는 '대체 무슨 책을 읽고, 어떤 손짓발짓을 해야 되나' 하는 폭풍고민에 아무 소리도 듣지 못했다고 한다.

#일단뱉고보는타입
#살려줘

유치원에 간
사나이2

아이에게 자기 전에 두세 권 정도의 책을 읽어주겠다는 초심을 잃은 지가 오래지만, 앞서 당차게 뱉어놓은 이야기가 있어 그 초심을 주섬주섬 주워 담았다. 이왕 이렇게 된 거 혼신의 힘을 다해 연습을 해보기로 한 것이다.

어떤 책을 읽어주면 좋을지, 그 책으로 어떤 호응을 이끌어낼 수 있을지 고민해 보았다. 그러나 마땅한 책이 떠오르지 않은 상태로 약속의 날만 점점 다가왔다. 원장님께 큰소리 뻥뻥 친 것을 또다시 후회해 보았지만 이미 엎질러진 물이다.

결국 여기저기에 조언을 구하고 검색도 하면서 욕심과 부담을 덜어내기로 했다. 내가 찾은 '정보'에 의하면 아주 멋진 아빠의 모습을 보여주려고 하는 게 오히려 독이 된다는 것 같았다. 그냥 힘 빼고 열심히 책 읽어주는 것에 집중해보기로 했다.

유치원에 간
사나이3

대망의 학부모 구연동화의 날,
앤서니 브라운의 《똑똑! 누구세요?》라는 책을 읽어주고 왔
다. 최선을 다해 읽고 아이패드로 문 뒤에
숨어 있는 동물을 맞추는 퀴즈도 간단하게 했다.
아들의 어깨는 천장에 닿았다.

아무래도 나, 이쪽으로 조금 재능이 있는 걸까?

느므추으

느므추은데 느히그

갠츠느믄 나도 갠츠느

너도 울고,
나도 울고

딸꾹질을 멈추려다
눈물이 찔끔.

< 등짝 스매싱 >

각자도생

눈물 나고

땀 나고

신 나는

엄마!

엄마가 좋아. 아빠가 좋아?

엄마!

함께 있는 시간을
무시할 수는 없지...
서운하지만
적절한 대답이었다..

나도 엄마가 좋은 걸 뭐

"응. 알겠고, 애들이나 바꿔봐라"

아빠 갈 때
가자니까

빈칸이 없더라도 여기는 옷 파는 곳이니까

마음을 편하게 먹어보자.

#아빠갈때같이가자니까

#막상가면안나온데

지옥문

조카를 데리고

키카에서 두 시간 놀다 나와

차문을 열었는데 불지옥이 같이 열림

너의
목욕시간

우스꽝스러운 거품 수염 하나로도
네가 즐거울 수 있다면 다행이야.
네가 좋은 게 나도 좋아.

언제까지 너와 함께 목욕할 수 있을까?

천방지축, 얼렁뚱땅 흘러가는 목욕시간이라도
내가 해줄 수 있는 즐거운 일이 이것이라는 게

나도 참 좋아.

환청

자꾸만 환청이 들리는 것 같아.

#아빠물
#아빠쉬
#오빠일한다며

균형

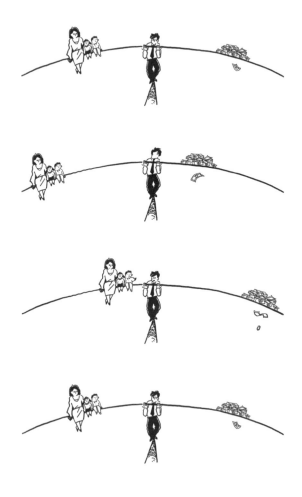

걷는 길이 더 넓었으면

지금보다 쉬웠을까

아빠가
좋아

며칠 전, 여유로운 출근길 2호기의 새로운 어린이집도 구경할 겸 아이의 등원을 자처했다. 어린이집에 도착한 2호기가 스스로 신발을 벗어 신발장에 척척 넣고, 3층 교실까지 씩씩하게 찾아 올라가는 모습이 그렇게 대견할 수가 없었다. 2호기는 교실에서 키우는 달팽이도 보여주고 직접 만들었다는 팝콘 냄새도 맡게 해주었다. 선생님이 오셔서 이제 슬슬 빠지려는데 2호기가 갑자기 사랑 고백을 하며 놓아주질 않았다. 이때다 싶어 동영상을 켜고 "엄마가 좋아, 아빠가 좋아?" 물어보니 속삭이듯 "아빠" 하고 말해준다. 어린이집을 무사히 빠져 나온 것도 모자라 금덩이를 수북이 챙겨온 기분이었다.

#오예
#오늘하루예스맨

포기하면 편하다고 생각했지만,
포기할 수 없는 것이 생겨버렸다

포기하면 편하다고 했다. 참 괜찮은 문장이다.

어른이 되어서 가장 많이 배우고, 실감하게 되는 말 중의 하나가 '포기'라는 말의 의미일 것이다. 사회에 막 접어들었던 나에게 '포기'는 '열심'을 대신했고, 별 다른 문제없이 속 편했던 나의 시간이 그렇게 흘러갔다.

하지만 나는 아빠가 되었고, 결코 포기할 수 없는 것들이 생겨버렸다. 힘들거나 지쳐도 포기하지 않고 하루하루 한 발자국씩 꾸준히 앞으로 걸어야만 한다. 아빠가 되고부터 나는 걷는 것을 포기하거나 넘어져 주저앉아 버릴 수 없게 되었다.

예전보다 곱절은 힘들고, 그 힘듦이 쌓이고 쌓여 나를 거하게 짓누를 때도 있다. 때때로 그만두고 싶은 생각이 들지 않는다면 거짓말일 것이다. 나의 힘이 닳고 닳아 바닥을 찍으면 어쩌나 싶은 두려움이 들기도 한다. 그럼에도 불구하고 내 삶 구석구석에 포기를 저어하게 만드는 행복한 순간들이 너무 많이 포진해 있다. 아이들의 말 한마디가, 아이들의 표정과 행동 하나하나가, 아내의 토닥거림 한 번이 고된 삶의 무게를 덜어가 버린다.

어쩌면 가장이라는 무거움은 한 사람이 짊어질 수 있는 최고의 무게일 수는 있어도, 최악의 무게는 될 수 없는 것일지도 모른다. 그 최고의 무게가 나를 조금 더 강한 사람으로 만들어준다. 가끔 이쯤이면 인내심이 곤두박질 치지 않을까도 싶지만, 그럴 때마다 어디선가 무한히 솟구쳐 에너지를 채워주는 가족이 있다.

아빠라는 이름은 그것을 감내하는 사람에게 삶을 견뎌낼 힘이 되어 돌아오는 것 같다.

5장

'같이'의 가치

가끔 우스갯소리로 "세상 모든 사람들이 결혼하게 해주세요."라는 말을 할 때가 있다. 연인, 형제, 자매, 부자, 모녀… 함께할 수 있는 사람들이 주는 특별한 에너지와 위로가 존재하기 때문이다. 그렇게 나는 가족이기에, 가족이므로 얻게 되는 삶의 새로운 가치를 찾아간다.

어쩐지
승리한
느낌

같이 좀
하자

무엇을?

동변상련

녹색
어머니

#이성의끈

아내의
퇴근

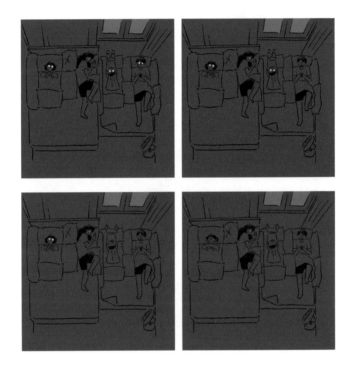

천천히
빨리 와

.

영화도 보고   네일아트도 받고
쇼핑도 좀 하고   커피도 한 잔 마시고

아이들이 크는 모습을 지켜보는 것은 즐겁지만 아내의 지치고 힘든 모습을 보는 것은 마음이 아프다. 나는 회사로 퇴근 아닌 퇴근이라도 하지만, 집으로 출퇴근하는 아내에게는 적절한 때에 휴가가 필요하다.

될 수 있으면 많이, 긴 휴가를 보내주고 싶지만 아이들의 성화에 못 이겨 짧은 외근을 보장해주는 것이 전부다.

"늘, 한결같이 나와 아이들 곁을 지켜줘서 고마워. 오늘은 하고 싶은 거, 먹고 싶은 거 마음껏 즐기길 바라."

#그리고천천히빨리와

아빠 생각만
하자

아이들의 길고 길었던 방학의 마지막 날, 휴일근무를 하고 돌아온 날 집에 와 밥을 먹는데 아내가 유독 피곤해 보였다. 그래도 내일부터는 개인정비가 가능하니 힘내라는 나의 말에 한숨을 푹 내쉬며 1호기는 단축수업, 2호기는 적응기간이어서 아직 끝난 게 아니라고 말한다.

아내는 혼자만의 시간이 필요해 보였다. 잠깐 커피라도 마시고 들어오라고 등을 떠밀었다. 못 이기는 척 나가는 아내를 따라 쫄래쫄래 걸어가는 2호기를 휴대폰으로 겨우 잡아두고 다 같이 누워 사진첩을 보며 추억놀이를 하는데, 아내가 나오는 영상을 보더니 엄마를 찾는다. 나는 재빠르게 플래시를 천장으로 쏘아 그림자 놀이를 시작한다. 앞뒤가 하나도 안 맞는 그림자 동화에도 흠뻑 빠져들어 주니 참 고마운 관객들이다. 이내 현관문을 여는 소리가 들리고 아이들은 "엄마"를 외치며 방에서 뛰쳐나간다. 누운 채로 현관 쪽을 바라보았다. 아내의 표정이 조금은 나아진 것 같았다. 그간의 미안함과 안도감에 베개에 얼굴을 파묻었던 것 같은데 눈을 뜨니 아침이 와 있었다.

엄마가

목욕 할까~

엄마가!

기저귀
갈아야겠다...

엄마가!

엄마도 누군가
필요해

엄마도
누군가 필요해

해줄 말이
있어

" 오늘 야근 좀 해줘야겠어... "

팀장이 해준 말
아내에게 해줄 말

행복의
크기

카메라의 크기가

행복의 크기라고 그랬잖아….

치트키

아이들을 재우고 장모님에 관한 그림을 꺼냈다. 이제는 쓸 수 없는 에피소드다. 아이들은 외할머니 댁만 가면 말을 죽어라 안 듣고, 말썽꾸러기 모드를 작동시킨다. 집에서는 용납할 수 없는 옐로카드급 행동에도 할머니를 뒷배 삼아 배째라는 식이다. 실제로는 업혀있는 주제면서. 그래도, 이러나저러나 외할머니 등의 온기를 아이들이 끝까지 잊지 않았으면 좋겠다.

할아버지랑
문방구 갔어?

또다,
또

내가 병아리 사올 때마다
엄마는 한숨을 쉬셨던 것 같아

한파 속
갤러리들

열띤 취재열기 때문인지 이상하게 추운데 춥지 않다.

여기 모인 이들과는 알 수 없는 동지애가 피어난다.

피를 나누지 않았어도

우리는 모두 끈끈한 동류의식에 묶여 있다.

요즘에는 '공동'과 '구성원'이라는 것에 관심이 간다.

부모라는 존재만으로 눈빛만 보아도

그들의 마음에 조금은 공감하게 된 듯하다.

각자의
회전목마

재롱잔치

늦지 않게 도착해서 다행이다. 고도의 눈치 작전이 먹혀 부랴부랴 마감을 하고 인적이 드물 때 가방을 들고 나왔다. 결국 국장님과 엘리베이터를 같이 타긴 했지만.

일단 1호기가 무슨 역할을 맡았는지도 모르고 자리에 앉았다. 아이가 내게 말해줬는데 흘려들었던 걸지도 모른다. 비록 아이가 주인공은 아니었지만 아이의 신난 표정에 마음 한 구석이 시큰했다. 아이들 모두 각자 맡은 역할을 즐기는 것이 느껴졌고 과연 부모님의 앵글 안에서 만큼은 모든 아이들이 주인공이었다.

#이맛에부모하는건가
#집에가면사라지는맛
#오래안가는맛

발치

내가 발치하던 시절을 생각해보면 치아에 실을 묶어 방문을
활짝 연다든가 이마를 세게 한 대 친다든가 하는 것보다 나
는 울음을 터뜨렸고, 부모님은 쩔쩔매는 나를 보며 재미있
어 하던 상황만 또렷이 떠오른다. 기억이라는 게 왜곡되기
마련이라 해도 '발치의 현장'은 내가 기억하는 소중하고 화
목한 우리 가족의 모습 중 하나다.

이런 사사로운 장면이 사실은 평생의 좋은 기억으로 간직된
다고 믿기에 며칠 전부터 앞니가 흔들려서 밥을 먹을 수 없
다는 1호기의 말을 듣고는 몹시 설렜다. 그리고 1호기에게
간곡하게 부탁했다. 좀 더 흔들리거들랑 앞니를 뽑아야 하
는데, 아빠가 뽑아주면 안 되겠냐고. 하나도 안 아프게 뽑을
수 있다고. 새끼손가락까지 걸고 약속한 지 하루도 안 지나
아들은 치과에서 앞니를 홀랑 뽑아왔다. 그때만큼은 아내가
조금 야속했지만.

#아직아랫니남았다

권력의
이동

지금은
뭐든 다 괜찮아

아빠는 세수도 못했어.

부모
노릇

부모 노릇을 하다 보면 난관에 부딪히는 경우가 참 많은데, 그중 제일 난감한 것이 재판장 노릇이다. 실제로 목격하지 못 하고, 아이들의 변론으로만 이루어진 다툼에서는 나름의 기지를 발휘해야 한다. 아이들은 보통 자신의 억울한 점만 늘어놓기 때문에 이해하기 어려운 부분을 짚고 넘어가다 보면 별 일 아닌 것이 대부분이다.

문제는 이러한 중재가 늘 "둘 다 잘못했어.", "둘이 사과하고 화해하자."라는 식으로 끝난다는 것이다. 왜 싸우면 안 되는지, 이런 일은 어떻게 해결해야 하는지 구체적인 이야기를 전해주는 것이 더 지혜로운 훈육이 아닐까 싶은 밤.

솔로몬 같은 아빠가 되고 싶다는 소망을 조금 품어본다.

시간
도둑들

우유가 딱 떨어진 어느 날 밤.

혼자 빠르게 다녀오면 3분 컷인데

감기 걸린 녀석들 옷 입히고

신발 신기고

마스크 씌우고

충동구매 말리다가

겨우 우유 들고 집에 오면

잘 시간.

운 좋은
사람

평생을 운 없는 놈이라고 자부하면서 살아왔다.

친구들도 나의 아이러니한 자부심에 큰 이견이 없었다. 하고 싶은 것이 많고 재능이 있다는 소리를 들었지만 크게 잘되는 일은 없었다. 그러다가 '운 좋게' 직장생활을 시작했지만 유일한 재능과 소질을 보였던 그림을 그릴 시간이 없어졌다. 나는 더 이상 그림을 잘 그린다고 할 만한 수준이 아니게 됐다.

그러다 결혼을 하고 아이가 생겼다. 별 생각 없이 아이와 아내와 나의 일상을 그림으로 그리기 시작했다. 이것은 나의 의도에서 한참 벗어나는 결과를 초래했다. 처음에는 그저 나만의 기록이었고, 아이들에게 보내는 읽기 쉬운 편지에 불과한 그림이 모여 뜻밖의 상황이 발생했다. 내 삶의 가장 큰 변화가 일어난 것이다. 평범한 직장인은 그림을 그리는 그림 작가가 되었고 자신의 이름이 박힌 책을 만드는 사람이 되었다.

아이들이 글을 읽을 줄 알게 되면 내가 만든 책을 읽겠지만 그들이 나를 이해하는 데는 아직 많은 시간이 걸릴 것이다. 그저 운이 허락한다면, 내가 보내는 이 편지를 읽으며 아이들이 당시 나의 마음을 헤아릴 수 있도록, 행복한 가족으로 살아가기를 바란다.

'같이'의 가치

행복에
대하여

아직 결혼하지 않은 친구와 술을 한잔 했다. 소주 한잔을 털
어 넣은 녀석이 "그래서, 행복하냐?"라고 대뜸 물었다.

정신없이 30대를 보내고 40대에 접어들면서 행복이란 것을
한 번도 진지하게 생각해 본 적이 없었다. 누군가 이런 질문
을 할 거라는 생각은 더더욱 해본 적이 없었다. 갑작스러운
질문에 얼마간 당황하고 잔뜩 긴장하여 머뭇거리자 친구가
대신 대답을 한다. 행복해 보인다고.

내가 정말 행복한가 싶었다. 불행하지 않으면 행복한 거라
는 친구의 말에 객쩍은 얼굴로 앓는 소리를 해가며 그 순간
을 슬쩍 넘겼다. 집에 돌아오는 길, 곰곰이 곱씹어보니 나는
마구 행복하진 않아도 친구의 말마따나 그런대로 행복한 편
이었다. 평범한 직장, 모난 곳 없는 아내, 건강한 아이들, 조
금 과한 듯한 빚, 말 그대로 평범 그 자체다.

행복은 마음먹기에 달렸다는 말이 진짜였다. 불행하지 않으

면, 행복은 개인의 성향을 따라 간다. 그런대로 행복하다는 것을 그냥저냥 느끼는 사람의 성향, 넘칠 듯한 행복을 행복으로 느끼는 사람의 성향. 모두가 행복하지만, 저마다 달리 행복한 것이다.

그런 의미에서 나는 내 몫의 행복을 잘 찾아먹는 편인 것 같다. 곳곳에 의미 없이 지나가는 일들을 그림과 글로 남겨 순간의 작은 행복을 새겨놓는 버릇을 가지게 된 것이 참 다행스러운 일이다. 정말 별 볼 일 없는 것들에서도 사금처럼 작게 숨어있는 행복이 있다.

티끌 모아 티끌인 돈이랑은 달리 행복은 조그마한 행복이 모여 생각보다 큰 행복이 된다. 행복을 모으는 일, 아무리 생각해도 참 잘하는 짓이다.

6장   오늘을 사는 법을 너에게 배웠다

언제부터인가 하루하루를 충실히 살아가지 않았던 것 같다. 고레에다
히로카즈의 영화 〈어느 가족〉의 원제는 '좀도둑 가족'이다. 그들이 훔
친 것은 다름 아닌 시간이었다. 하루를 정말 '치열하게도' 행복하게 살
아가는 너희를 보며 인생에 주어진 '시간'을 어떻게 써야 하는지 배운
다. 오늘을 사는 법을 너희에게 배운다.

바다

멍하니 바다를 보았다. 정말이지 아무 생각 없이 한참을 보고 있었다. 옆에 있는 아이가 내 아이라는 것조차 아주 잠깐 낯설어질 정도로. 기분이 이상했고 아들에게 다가가서 고맙다고 말했다.

아들은 뭐가 고맙냐고 묻지도 않고 "응."이라고만 대답했다. 아들 바짓단 여기저기 묻어 있는 모래를 툭툭 털어주고는 다시, 바다를 바라보았다.

아빠의
아빠

" 아빠! 할아버지 무당벌레 같아! "

그건 할머니의 병원놀이 같은 거야.

진짜 '놀이'였으면 좋겠지만.

눈사람

주말 아침, 밤새 함박눈이 펑펑 쏟아져 있었다. 하늘은 맑게 개어 눈이 더 하얗고 눈부시게 빛나는 것만 같았다. 미리 잡아 놓은 주말 여행을 시작하기 전에 아이들과 내려와 눈사람을 만들기로 했다. 역시 뭉치기 좋은 눈이었다. 재활용 쓰레기 더미에서 쓸 만한 것을 찾아 눈사람에게 모자를 씌우고 사진을 남기고 나니 1호기가 걱정스러운 눈빛으로 말했다.

"아빠, 눈사람 괜찮을까?"

급하게 만들었는데도 그새 정이 든 걸까. 출발하자는 아내의 성화에 1호기의 걱정거리를 들어 그늘로 옮겨 두자 아이는 한시름 놓은 표정으로 발걸음을 옮겼다.

나도 눈이 오면 눈사람을 만들어 냉장고 한 편에 넣어 두었다가 엄마한테 혼났던 적이 있었는데… 아이의 마음을 이해하는 데는 역시 나의 지난날을 떠올리는 것이 제일이다.

그네

아이들의 마중을 받기 딱 좋은 날의 연속이다.

멀리서 나를 알아보고 달리기 시합이라도 하는 듯 달려오는 아이들을 힘껏 들어 올릴 힘이 남아 있다는 것에 놀라며 아이들과 함께 집으로 향한다. 참새가 방앗간을 그냥 지나칠 수 없는 것처럼, 놀이터에서 아주 잠깐만 놀다 들어가자는 올망졸망한 눈빛도 못 이기는 척 받아준다.

차려놓은 저녁밥은 데워먹으면 그만이다. 이렇게 너희의 그네 한 번 밀어주는 것이 더 배부른 양식이고 충전이니까. 놀이터 벤치에 서류 가방을 내려놓고 느슨하게 맨 넥타이를 하고 있는 다른 아빠와 눈인사를 나누며 혼자가 아니라는 느낌도 받는다.

언젠가, 너희가 스스로 그네도 타고 흔들리는 세상 속으로 한 발을 구를 때에도 나는 늘 지금처럼 뒤에서 든든하게 너희를 밀어주는, 그런 아빠가 될 수 있을까.

눈썰매

힘들때 숨어야 일류라던데

체력이 삼류라 얼굴에 오류가...

올 겨울 첫 썰매장인데
감기와 컨디션 난조와
아이들의 끝없는 질주 본능에
체력의 한계가 느껴진다.

참
부럽다

모든 게
재미있어서

인정

바람 불면
시원해져!

바람이 없으면

바람을 만들면 된다는 마인드

발레가
뭐길래

발레를 처음 배운 날 너는 처음 배운 게 맞나 싶을 정도로
많은 동작을 보여주었지.
잠옷을 입히려는데 울며불며 입고 있는 발레복을 필사적으
로 고수하는 너.
꿈에서도 연습하려는 건가 싶어 눈치껏 져준다.

레인부츠

Rain Boots.

출근하기도 전에
이미

맨 인 블랙

뭔데? 뭐가 있는데?

#고민
#네덕분에잠시잊었어

마음
같아서는

언젠가는 너도 알게 되겠지
게임은 안 된다고 하는 내가 게임폐인인 것을...

회사에서 갈고 닦은 Alt + Tab 신공이 빛을 발한다.

마음 같아서는 주말에 아들과 같이 게임이나 실컷 하고 싶지만 어릴 때부터 게임을 시키는 게 부모로서 잘 하는 짓인가 싶어 아빠는 게임도 안 좋아하고, 하지도 않는다고 생각하게 만들고 싶었다.

나중에 커서 책장에 있는 한정판 게임 패키지를 알아보고는 배신감을 느낄 수도 있지만, 아직은 어쩔 수 없이 Alt+Tab 신공으로 나를 조금 감춰본다.

뽀시래기

퇴근 후 고단한 몸을 이끌고 밥을 먹으려는데 둘째는 딸기가 먹고 싶다고, 첫째는 종이접기를 해달라고 응석이다. 첫째가 부탁한 종이접기를 하고 있자니 둘째가 슬그머니 딸기 한 조각을 내 입에 넣어준다. 행복했다.

눈앞에서 자꾸만 꼼지락거리는 너희 덕분에, 세일가로 사온 딸기가 생각보다 실하다는 사실 덕분에, 종이와 함께 예쁘게 접어 오랫동안 담아두고 싶을 정도로 이 시간이 소중하고 더할나위없이 행복했다.

아내의
생일

퇴근 후 아내에게 물었다. "저녁, 어떤 거 먹을까?"

나는 아내가 먹고 싶은 것을 먹으면 좋겠다고 이야기했지만 엄마란 아이들을 제쳐놓고 생각할 수 있는 존재가 아니었다. 아이들이 좋아하는 만만한 고기가 메뉴로 선정되었다. 아쉽지만, 오늘만큼은 알아서 구워주는 고기를 먹자는 것으로 합의를 보았다. 그마저도 먹성 좋은 아이들 덕분에 소고기가 아닌 돼지고기를 먹었어도 누군가가 구워주는 고기는 역시 근사했다.

거하게 저녁을 먹고 집으로 돌아왔는데 아이들이 내게 방에 있는 서랍을 열어보라고 귓속말을 한다. 서랍을 열어보니 색종이로 만든 여러 가지 것들이 흘러넘칠 정도로 꽉 차 있었다. 큰아이는 제법 글씨가 늘었는지 색종이 구석구석에 '엄마 생일 축하해요'를 또박또박 써 놓았다. 엄마는 색종이 선물을 한가득 받아 들고 우리 아들딸도 생일에 색종이 선물 기대하라며 삐죽거린다. 모르긴 몰라도 굉장히 좋은 모양이다.

나는 선물 대신 현금을 털어 넣은 봉투를 건넸지만 내 생일 때 돌려받을 수는 없겠지…?

오늘을
사는 법

아이들은 참 열정적으로 살아간다. 체력을 아끼지도 않고 마음을 아끼지도 않는다. 매 순간 최선을 다해 뛰고, 최선을 다해 기뻐하고, 최선을 다해 슬퍼한다. 내일을 핑계로 모든 일에 조금씩 발을 빼며 물러나는 내 모습과는 많이 대조적이다.

과연 나는 아이들처럼 하루를 후회 없이 살 수 있을까를 돌아보면, 언제나 '그럴 리가'라는 답이 나온다. 생각해보면 앞으로 살아갈 수 있는 날이 훨씬 길게 남은 이와 비교적 적은 삶을 살아갈 이의 태도가 뒤바뀐 것 같은 느낌이다. 주어진 하루하루를 아까워해야 마땅할 어른이 아이보다 삶에 충실하지 못하는 것은 무엇 때문일까.

지금을 어떻게 쓰느냐를 기준으로 아이들은 하루하루 가치 있고 후회 없이 보낸다. 무작정 내일이 없는 것처럼 산다는 게 아니라, 내일은 또 내일의 일을 기대하면서 오늘은 오늘의 일만을 생각한다.

오늘은 다시 오지 않을 것이다. 램프의 요정 지니에게 빌고 빌어도 오지 않을 것이다. 지금, 최대의 행복을 추구하며 최고로 솔직한 감정을 쏟아내고 내일의 피곤함 따위는 염두에 두지 않는 아이들의 태도를 보며 '오늘도' 많은 것을 배운다. 그렇지만, 40년의 세월을 무시할 수는 없는 노릇인가 보다. '오늘을 사는 법'은 아이를 통해 배울 수 있는 가장 큰 가르침일 수도 있지만 내 것으로 만드는 일이 생각보다 쉽지 않다.

인생은 즐겁고 어린이는 귀엽지

2020년 5월 20일 초판 1쇄 발행

지은이 · 전희성
펴낸이 · 박영미 | 경영고문 · 박시형

책임편집 · 김다인
마케팅 · 양봉호, 양근모, 권금숙, 임지윤, 유미정
경영지원 · 김현우, 문경국 | 해외기획 · 우정민, 배혜림 | 디지털콘텐츠 · 김명래

펴낸곳 · 포르체 | 출판신고 · 2006년 9월 25일 제406-2006-000210호
주소 · 서울시 마포구 월드컵북로396 누리꿈스퀘어 비즈니스타워 18층
전화 · 02-6712-9800 | 팩스 · 02-6712-9810 | 이메일 · togo@smpk.kr

여러분의 원고를 소중히 여기는 포르체는 그동안 볼 수 없었던 새로운 콘셉트의 참신한 원고를 기다리고 있습니다. 망설이지 말고 연락 주세요. togo@smpk.kr